Você chegou por acaso e ficou de propósito

GEFFO PINHEIRO
@relicariodeexp

astral
cultural

Copyright © 2024, Geffo Pinheiro
Todos os direitos reservados à Astral Cultural e protegidos pela Lei 9.610, de 19.2.1998. É proibida a reprodução total ou parcial sem a expressa anuência da editora. Este livro foi revisado segundo o Novo Acordo Ortográfico da Língua Portuguesa.

Editora
Natália Ortega

Produção editorial
Andressa Ciniciato, Brendha Rodrigues e Thais Taldivo

Revisão
Letícia Nakamura

Editora de arte e capa
Tâmizi Ribeiro

Ilustrações capa e miolo
Shutterstock

Dados Internacionais de Catalogação na Publicação (CIP)
Angélica Ilacqua CRB-8/7057

P719d	Pinheiro, Geffo
	Você chegou por acaso e ficou de propósito / Geffo Pinheiro. — Bauru, SP : Astral Cultural, 2024.
	144 p. : il., color.
	ISBN 978-65-5566-490-4
	1. Literatura brasileira I. Título
24-0832	CDD B869

Índices para catálogo sistemáticos:
1. Literatura brasileira

BAURU
Rua Joaquim Anacleto Bueno 1-20
Jardim Contorno
CEP: 17047-281
Telefone: (14) 3879-3877

SÃO PAULO
Rua Augusta, 101
Sala 1812, 18º andar, Consolação
CEP: 01305-000
Telefone: (11) 3048-2900

E-mail: contato@astralcultural.com.br

Apresentação

De tanto ler livros e ver histórias sobre desamores, fins desastrosos, volta por cima e dores remoídas, resolvi escrever esta obra que se desenvolve de maneira contrária a tais lamentos amorosos. Aqui retrato a caminhada de alguém que estava vivendo a sua confortável solidão e, de repente, embarca em um romance que contou com muito mais sorrisos do que com lágrimas. É uma espécie de ensaio, ou melhor, um vislumbre potente de uma relação repleta de clichês, porém, clichês reais e pulsantes. Convido você a vivenciar cada página, a sentir cada emoção e a se perder neste relato que celebra a beleza única e arrebatadora de um amor diferenciado.

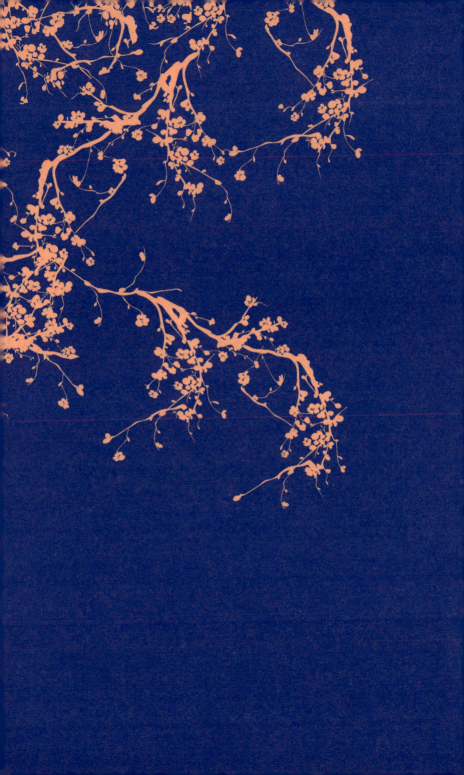

PARTE UM

À deriva

Você está em algum lugar, eu sei

Nunca tive medo de esperar pela minha fantástica história de amor... Algumas vezes, certas pessoas quiseram me fazer desacreditar. Outras vezes, quase achei ter encontrado a pessoa com que tanto sonhei. Talvez demore um pouco, mas ainda vou viver uma conexão bela e real. A minha história de amor está por aí me esperando. Sei lá onde. Na fila do pão, no direct do Instagram, no bairro ao lado, lanchando em alguma frenética praça de alimentação ou até mesmo naquela festa lotada que, no fundo, eu nem queria ir. Sei que em algum momento você vai me dizer um "oi" acanhado, e vai elogiar o meu olhar. Sei que vou ser genuinamente feliz no amor. Vai ser adorável. Vai ser o famoso amor recíproco. Ei, "meu amor", em breve vou esbarrar em você, e você em mim. Já escuto a sua voz em um dia de domingo, ecoando pela casa, enquanto chama o meu nome de um modo tão bom, de um jeito que nunca escutei antes em minha vida.

Mensagem ao meu futuro amor...

Eu quero você.
Quero acordar ao seu lado nas manhãs de segunda,
ver o seu olhar preguiçoso e seus cabelos bagunçados,
enquanto me diz:
"Vamos dormir só mais cinco minutinhos, por favor?".
Quero conhecer as suas canções preferidas,
as suas melhores comidas e as suas histórias
de infância.
De onde veio essa cicatriz no joelho?
Foi andando de bicicleta
ou caiu do cajueiro na casa da vó?
Me diz mais sobre suas marcas,
sobre suas cicatrizes, que adoram aparecer
nas madrugadas,
e essas suas inseguranças escondidas no fundo
dos seus olhos.
Não estou aqui pra te julgar.
Quero você exatamente como é, sem perfeições,
filtros e Photoshop.

Quero conhecer o seu jeito teimoso, os seus risos fáceis e os seus dias de pouco papo.

Pois é, quero você. Dos pés à cabeça. De cabo a rabo. De alma a corpo.

Quero segurar intensamente a sua mão, enquanto admiramos as estrelas. Quem sabe o universo nos presenteia com uma estrela cadente e juntos fazemos o mesmo pedido... "nos amar com todo amor que existe".

Não sou fácil. Mas, quando amo, facilito

Sei que não sou uma pessoa tão fácil. Não me agrado com tudo. Tenho meus trejeitos e exageros. Às vezes me atrapalho todo. Tenho uma intensidade desastrada. Mas, quando amo, amo pra valer. Desejo um amor que me veja exatamente como sou. Do meu pezinho esquisito à intimidade mais profunda da minha essência. Não busco uma pessoa perfeita, até porque já entendi que, nessa vida real, existem mais ilusões do que nos contos de fadas. Busco mesmo alguém de carne, ossos, verdades e amor.

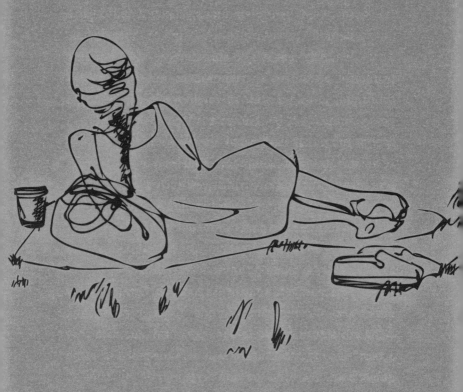

O amor moderno não é para mim

Tenho certeza de que esse amor moderno não é para mim. Não gosto desses joguinhos atuais, da pouca dedicação e dessas demonstrações confusas. O tipo de amor de hoje causa distância, em vez de aproximação. Canso de ver primeiros encontros aparentemente lindos, conversas profundas em uma noite maravilhosa, e logo depois a pessoa some. Tudo bem sumir do mapa, mas não dá para aceitar me puxar para perto, me provocar, para depois se afastar do nada. Ainda tem aqueles que reaparecem semanas depois, como se nada tivesse acontecido. Não dá para mim. Não quero ser preenchimento da solidão alheia. Continuarei vibrando para o amor que tocar a campainha do meu coração ser um amor bom e consistente. Que resista à liquidez dessa moda do amor descartável.

Eu sei, tem mais gente que pensa como eu. Que não gosta desse vazio contemporâneo. Sei que vai aparecer uma alma velha em algum dia de semana aleatório, que dirá com ações: "Não me importam os seus defeitos e medos; se me quiser bem, ficarei ao seu lado neste mundo imperfeito".

Quem abraça a vida, ganha mais possibilidades

Ultimamente tenho passado por uma fase estranha em que fico tentando dar sentido à vida. E nessa, tem dias em que fico terrivelmente triste, e tem dias em que parece que eu nem estava mal ontem.

Não sei bem, mas acho que não é preciso dar sentido à vida, e, sim, senti-la.

Viver o hoje. Sem complicar tanto. Apenas ser presente para mim mesmo. Por um momento, acabei me esquecendo de mim.

Mas agora está na hora de ser mais gentil comigo e abraçar a minha própria jornada como ela é.

O resto vai acontecendo. Há um mar de maravilhas para serem abraçadas.

O que for para me achar, vai me encontrar!

Sou emocionado mesmo. Gente rasa é chata demais.

Amo quem tem atitude!

Quem não tem receio ou orgulho de dar o primeiro passo. De convidar, de viver como antigamente, frente a frente, sem rodeios, palavras abreviadas e telas de celulares. Demonstração é ouro nos tempos de hoje. Sabe aquelas atitudes que fazem a vida acontecer? Essas, sim, me chamam muita atenção.

Me amar eternamente
pra te amar melhor.

Metas

Por onde andam as borboletas do meu estômago?

Faz um tempo que não me apaixono.
Geralmente, quando gosto de alguém,
vou de peito aberto,
amo sem medir.
Me lanço feito fogo, esperando incêndios, e quase sempre acabo levando um balde de água fria.
Das últimas vezes, foi bem isso. Arrisquei tudo e recebi nada.
Mas, no fim, sempre vem o recomeço,
quando uma parte aqui dentro fica desiludida
e outra lá no fundinho ainda respira, mesmo que por aparelhos, uma coisa chamada esperança.
Penso que sou mesmo um fanático pelas sensações que o amor causa,
toda vida que me envolvi, fui até o final, até a última gota, na expectativa de me embriagar de um afeto que resistisse ao tempo.
Já fui contemplado com muitas ressacas terríveis,
mas curiosamente nunca desisti de amar.

Faz uma boa temporada que não sinto as tais borboletas
no estômago.
Já tentei achar amor nesses bares lotados de vazio;
vez ou outra, termino entrando nesses aplicativos de
relacionamento e vejo que lá tem de tudo, menos a
probabilidade de relacionamento.
Até tive alguns encontros, mas vou te contar, hein...
Uns me pareciam mais uma entrevista de emprego;
já outros, do nada, ficavam monossilábicos, e eu não via
a hora de acabarem.
Testei muita coisa,
ousei sair por aí ficando com quem me desse na telha.
Quem sabe nesse embaralhado de pessoas, viesse
sorteado um par de olhos castanhos que realmente
conseguisse me cativar.
Porém, acho que não sou assim,
não sou de colecionar conquistas amorosas só para
satisfazer o ego, e muito menos de ver o outro como
opção.
Eu gosto de apontar e ir...
Por aqui sigo sentindo que, em algum momento,
alguém vai querer a simplicidade de caminhar de mãos
dadas comigo.
Não será uma paixão avassaladora, dessas de cinema.
Será um amor com a beleza sutil de um entardecer
alaranjado...

Quando criança,
nos dias de chuva,
eu costumava desenhar um sol na areia,
na esperança de atraí-lo.
Coincidência ou não,
minutinhos depois os céus se abriam e ele aparecia.
Acho que vou desenhar seu desconhecido rosto na areia,
vai que dá certo e você aparece me convidando para
comer uma pizza de marguerita...

Feitiços

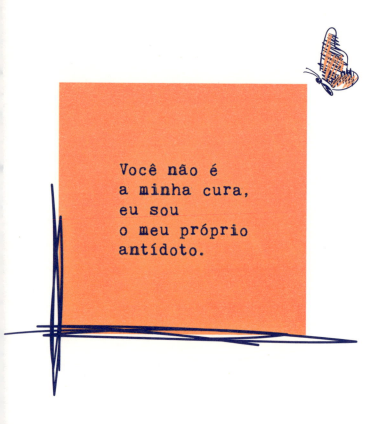

Você não é
a minha cura,
eu sou
o meu próprio
antídoto.

Hoje em dia é uma riqueza viver uma relação com quem proporcione paz, sinceridade, respeito e um bom nível de intimidade.

Achar esses atributos básicos em uma única pessoa é como encontrar uma relíquia. Segure firme se você se deparar com essa raridade. O tipo de amor bom é aquele que é leve, sem tanto estresse. Aquele que, no fim do dia, você dorme tranquilo por saber que tem um amor que promove a harmonia. Atualmente, tem sido raro encontrar alguém que resolve tudo na transparência, com jogo limpo e responsabilidade com suas emoções. Ter detalhes assim é como achar uma mina de ouro em uma pessoa. São essenciais o respeito e a consideração, seja na ausência ou na presença da pessoa. E, além de tudo, você ainda ter com a pessoa aquela intimidade gostosa... Aí é combo completo. Aquela convivência de que você gosta, a confiança, conhecer profundamente seu par, e admirá-lo por isso. Intimidade gera conexão! Viver um amor bom faz coisas boas serem frequentes em sua vida.

Acho que, no fundo, todos nós estamos procurando
um amor...
Mas não qualquer amor.
Eu mesmo quero um amor que segure a minha mão,
como se estivesse em meio a uma multidão,
só para não me perder.
Desejo um amor que me faça rir, mesmo quando
estou a chorar.
Um amor para fazer caretas bobas em selfies
que provavelmente nem vamos postar.
Um amor feito rosa, completíssimo com espinhos
e flores.

Um amor desses cafonas,
que me leve café da manhã
na cama,
que me escreva bilhetes afetuosos
e com o qual eu tenha uma música que seja só nossa...
talvez seja uma do Engenheiros do Hawaii,
ou quem sabe até do João Gomes.
A verdade é que o amor que procuro é o que me lembre
de que o amor foi feito pra ser suave.

Dois amores que se procuram, se esbarram

Admito que sinto falta de ter um love.
Alguém que me convide para conversar besteira
em um dia incomum e acabe ficando para uma vida
inteira,
ou pelo menos sentir o gostinho de que isso é possível
mais uma vez.
Sinto falta de fazer falta a alguém,
do clichê de receber um "dorme bem, sonha comigo",
de me pegar de repente falando igualzinho a como
ele se expressa,
de recomeçar cinco vezes o mesmo filme, porque
sempre um de nós vai apagar de sono.
Sinto falta, sabe...
daquele revezamento de massagem como se fôssemos
dois grandes profissionais, só como pretexto para
fazermos um amor ardente,
do velho ritual de cochilar a dois algumas horinhas
após o almoço,
do cotidiano de me deparar com uma calcinha nude

pendurada feito varal no box do banheiro,
e de ficarmos, você e eu, julgando o som alto do vizinho
aos domingos.
Sinto falta de ter alguém que fique me admirando por
minutos e que pense "que sorte a minha de ter você".

Sinto falta

Ser antes de ter

Esta semana, eu estava na fila do supermercado lá
do centro e me deparei com uma moça que carregava
em sua cestinha uma caixa de bombom
e um vinho tinto suave.
E por um instante pensei:
"Hoje a noite vai ser boa.
Sorte de quem vai partilhar da companhia
dessa mulher".
Mas logo me veio outro cenário:
ela só,
espalhando pelo apartamento o seu aroma
de hidratante floral,
com um blusão velho,
sem sutiã, com sua melhor calcinha de renda,
dançando ao som da playlist mais eclética
que poderia imaginar,
entre sucessos da MPB, rock internacional
e forró das antigas,
tomando goles de amor-próprio

e adoçando a sua vida com chocolates de liberdade.
Foi então que entendi que, muito maior do que a sorte de ter alguém, é a sorte de ser alguém.
É preciso saber ser feliz antes mesmo de o amor tocar o interfone.

Já tive dezenas de motivos para me fechar para o amor.
Poderia, sim, ter colocado uma muralha para proteger
o meu coração,
fechado essa porta aqui de dentro e ainda ter chumbado
uma grade por precaução.
Mas não, não fiz isso.
Mesmo quando desmoronaram o meu lar interno,
preferi continuar entreaberto,
feito um cadeado que não foi fechado totalmente,
dando ainda a esperançosa possibilidade
de o amor entrar.
Talvez, em algum momento, alguém possa gostar de
peregrinar pelas minhas ruínas e, aos poucos,
queira construir comigo um singelo império.
Desculpe aos desacreditados, mas é isso.
Ainda acredito que o amor vai me acertar por acaso
e vai acabar ficando de propósito.

É preciso continuar aberto

Eu adoro a minha solidão.
Tem dias que passo horas conversando com ela, sabe?
Gosto do poder que só ela tem,
o de saber quem eu realmente sou.
Tenho um estranho hábito de abraçar o silêncio
do meu quarto
e fingir que o teto branco é meu melhor amigo.
É o reflexo de que posso ser íntimo de mim mesmo.
Embora eu seja fã da minha solidão,
vão ter momentos em que vou querer, sim, dividir um
colo, um cuidado, uns sorrisos largos e umas cervejas.
Creio que existam coisas que foram criadas para serem
compartilhadas,
então, meu bem, você está preparada para conhecer
meu pacote completo?
A solidão vai junto, viu?!
Melhor ainda: por que não juntamos a nossa solidão?

Solidão a dois

Tô bem só, mas aceito uma boa companhia

Estou bem sozinho. Ainda que queira, sim, desfrutar de um amor. Encontro-me em um momento que é exclusivamente meu. Tenho corrido atrás dos meus objetivos. Tenho acordado todos os dias e tentado fazer algo em prol da minha própria felicidade. Percebi que a minha vida é um espetáculo, e eu sou o principal personagem dele. Estou em uma fase disponível emocionalmente para mim, e nem me lembro de quando foi a última vez que isso aconteceu. Se é que alguma vez eu já me dediquei ao amor-próprio. Tenho aprendido a ter a coragem de admitir que algumas coisas outrora foram culpa minha e outras já não estavam em meu alcance. Estou me aprontando no presente para um futuro que me aguarda. Vestindo maturidade e criando um novo eu. Vejo uma versão mais bela de mim, que só aceitará o que me fizer bem. Talvez seja a primeira vez que não sinta receio da mudança. Parte de mim está ansiosa por esse momento. Sei que coisas boas estão vindo, pessoas novas, segredos para serem desvendados, perdões a serem dados, planos a serem concretizados. E o melhor de tudo: sinto que o amor está cada vez mais perto, e mesmo que eu esteja muito bem, quem chegar virá para agregar mais e mais. Avante.

Você existe, eu sinto.
Já, já você vai estar aqui comigo,
neste sofá de dois lugares que chamaremos de nosso,
nossos pés gelados se roçando,
você fofocando da vida de algum amigo em comum
e me contando empolgantemente curiosidades
de sua família.
Sim, em breve você vai estar aqui.
Vamos criar pequenas intimidades que não serão
publicadas ao mundo,
vamos nos divertir preparando receitas que
provavelmente acharemos no YouTube.
Você vai amar pratos feitos com camarão
tanto quanto eu.

Por enquanto, continuarei aqui, olhando para a porta
a te esperar.
Tem gente que acha loucura eu continuar crendo nesses
devaneios românticos, mas acho que o amor é mesmo
para loucos, para poucos.
Benzinho, sei que você existe,
vá logo sabendo que não sei flertar, sempre tropeço,
travo, deixo cair algo, gaguejo, é de mim.
Então, por favor, me ajude com esse meu
nervosismo bobo.

Acene para mim

Não me contento com sobras de amor,
se mereço mesmo amor de sobra.
Não me contento com metades,
se para transbordar tem de ser inteiro.
Não me contento com uma simples vela acesa,
quando me ensinaram a amar o sol todo.
Não me contento com migalhas,
se sou puro banquete.
Não me venha com pouco,
se sou muito...

"Ter alguém com quem sair é bom. Mas ter alguém para construir sonhos não tem preço."

É tão bom dispor de um amor que chegue junto para erguer sonhos, multiplicar conquistas e inspirar a vida. Tudo isso com base na facilitação e na dedicação espontânea. No geral, corra atrás do que é seu, das suas metas, dos seus objetivos. O foco principal sempre será esse. Mas também é superagradável se você desfruta de um amor que tenha vibrações e sonhos semelhantes aos seus. Abrace, pois isso não tem preço, tem mesmo é um valor imenso. Ter alguém com quem se divertir é legal, sim, mas ter alguém que, além de distrair, também queira promover uma relação cheia de boas somas, é impagável. A preciosidade de um relacionamento saudável está na capacidade das duas pessoas serem companheiras fiéis uma da outra nessa jornada que se chama vida.

Hoje é sábado

Agora são exatamente 22h30.
Lá fora vejo a noite vestindo estrelas,
o inquieto vaivém dos carros
e as vozes eufóricas de quem deseja,
pelo menos por um segundo, escapar da pressão
da semana.
Hoje decidi ficar em meu quarto,
esse cantinho sagrado que já conhece cada átomo meu.
Talvez você tenha optado por estar em casa também;
não quis drinks, aglomerações ou distrações.
Vai ver, neste exato momento, também esteja
conversando com seu travesseiro, imaginando que
poderia existir alguém para deitar ao seu lado.
Moça, ainda não conheço o seu nome,
mas bem que poderia ser eu aí com você,
seus cabelos emaranhados com os meus,
meu corpo cobrindo o seu,
como um cobertor feito de pele e amor.
Olho para as horas e já são quase 23h.

É hora de me render ao sono, quem sabe assim
acabe sonhando com você.

P.S.: Dizem que alguns sonhos são proféticos. Apareça,
e vamos criar um amanhã juntos. O que você vai fazer
no próximo sábado?

Gosto de explorar o que está além da superfície.
Quando moleque, me lembro de uma vez em que cavei
a areia da praia com aquelas pazinhas de brinquedos
e achei uma moeda que, aos meus ingênuos olhos, era
puro ouro.
Foi ali, pela primeira vez, que descobri que os tesouros
estão além do que se vê.
É preciso cavar, garimpar...
De repente, o amor pode estar lá embaixo,
à espera de ser desvendado,
nas entrelinhas entre um grão e outro,
além das aparências e desses discursos já prontos.

Um rico amor é uma descoberta paciente

Eu não preciso de um alguém...
porque não é sobre precisar...
Ao longo da vida, constatei que ninguém tem
o papel de me resgatar
de uma torre cheia de perigos,
de me salvar dos meus fantasmas
ou, como a maioria fala por aí,
de me completar.
Acredito muito em complementar,
mas completar,
longe disso.
Tenho profunda simpatia pela minha solitude,
o que ela mais me ensinou foi que,
mesmo eu estando acompanhado,
no final só me resta ela,
a velha companheira solidão.
Logo, não preciso implorar o retorno do outro,
não preciso que alguém chegue e tampe uma parte
que faltava em mim.

O que quero é apenas uma história genuína,
um complemento mútuo,
uma mistura de almas,
uma entrega que se funda com a minha entrega,
e que gera, inevitavelmente, uma puta história de amor.

Merecer sim, precisar não

O meu eu de ontem não reconhece o meu eu de hoje.
Passei por tantas reformas que agora o que mais escuto
é: "Você está irreconhecível".
E, de fato, eu mudei mesmo,
quando entendi que o relacionamento mais extenso da
minha vida era com o meu próprio coração.
Tive de sentar frente a frente comigo e me chacoalhar,
misturar as ideias aqui dentro,
para poder beber maturidade.
Não é qualquer um que me impressiona mais,
há de passar por muitos filtros.
E isso não quer dizer que estou interditado para afetos,
só estou criterioso.
Minha casa não aceita mais visitas desgastantes.
Atualmente, a exigência é simples:
o meu tempo é para quem me ama e me faz bem.

Simples assim

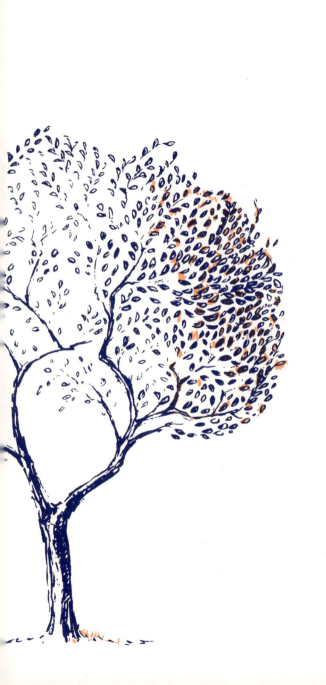

Adoro os dias banais,
desses que a gente usa roupas normais,
blusa que já foi usada mil vezes,
chinelo havainas no pé,
cabelos despreparados, e, dessa forma,
prontos para a chegada dos acasos.
Gosto da paixão que brota sem calcular,
bem no meio da semana,
sem prever hora e lugar,
e, no fim,
se entrega feito pulmão que busca ar.

Os dias vão passando e cada vez mais percebo
que gosto de estar apaixonado,
de sentir algo por alguém.
A diferença é que, hoje, com a idade que tenho,
que não seja qualquer alguém.
Um novo amor é como ler um livro novo,
e eu tenho prazer em ser leitor.
Gosto das descobertas, de conhecer, de virar página
por página, das conversas empolgantes e dos mistérios
que as permeiam.
São sensações que deixam a minha alma
pulsando vida.

Estar apaixonado é minha sina

"Você merece um amor que te faça viver as coisas mais incríveis que existem no mundo."

Não desça de nível. Um amor favorável para estar com você é um amor que te acrescenta um turbilhão de benefícios. Que te ajuda a prosperar. Que te enche de elogios, aplausos e agrados. Que sabe que você já vive bem sozinha, mas o foco em estar ao seu lado é ampliar o que de melhor a vida pode ter. O amor é uma decisão e, quando você decide partilhar a sua vida com quem tem a magia de te possibilitar as melhores vivências, então você percebe que soube fazer uma excelente escolha. Tem de saber mirar certinho. E se desacostumar a viver relações ruins. Você merece quem te entregue muito mais do que o básico. Merece surpresas imprevisíveis, dessas que te deixam de boca aberta. Merece programações com o seu par, que fiquem para sempre na memória. Sejam viagens, singelos pores do sol ou coisas como dar aquela velha voltinha a dois na praça. Você merece quem respeita a sua individualidade. Relacionamento com quem te faz sentir as melhores sensações é um verdadeiro lucro.

Quando me distraí,

PARTE DOIS

Por um acaso você chegou

Foi, então, que te conheci.

Internamente, senti algo como se já te conhecesse
de algum outro lugar,
talvez de outras vidas,
ou dos olhos da minha mãe quando me falou, na minha
adolescência, para eu saber escolher um amor que
prestasse.

Só sei que não foi amor à primeira vista.

Eu já tinha te visto antes...

Quando você sorriu para mim, senti uma espécie de
déjà-vu,
uma sensação de estar voltando para algo que sempre
foi o lugar mais coerente para mim.

Quando te abracei, senti que abraçava um lar que
carregava batimentos cardíacos dispostos a dar o
sangue por mim, e por nós. Obrigado por surgir.

Amor com gosto de lar

Te encontrar foi me achar

Nosso primeiro encontro foi belo.
Por um acaso, ou não, vestimos preto; essa é a nossa cor
predileta. Essa sintonia seria um sinal? Não sei...
É melhor deixar rolar. Dessa vez, não vou acreditar
muito em sinais, vou preferir crer em ações.
Confesso que todos os discursos que um dia ensaiei
no espelho não saíram como eu queria.
Foi tudo muito natural.
Nosso *date* foi recheado de brincadeirinhas sem muito
sentido, conversas-fiadas e, aos poucos, os papos foram
se aprofundando. Tocamos um pouco no passado, mas
foi no presente que focamos.
Logo de cara, me apaixonei pelo seu jeito tímido,
mas carismático ao mesmo tempo. Me senti
surpreendentemente bem perto de você.
Sua personalidade me cativou.
Seu humor me fez sorrir.
Você não parecia ser uma miragem.
Revisitei a velha sensação da paixão que havia esquecido.

Senti um inverno na barriga, como nunca mais tinha sentido. Minhas mãos suavam, e o meu coração saltitava de alegria, vai ver ele estava empolgado, querendo se unir ao seu.

Queria te perguntar um milhão de coisas naquele instante. Queria te responder também, falar um pouco de mim. Mas sei que teríamos tempo para isso.

Quando você me olhou bem nos olhos e mostrou o seu sorriso, a Terra parou ali. Os nossos pedaços partidos se encaixavam.

Não sei se estou delirando, se é só mais uma história de amor qualquer. Mas sinto, com o meu coração teimoso, que você vale mais do que algumas palavras. Você e eu temos um livro inteiro para escrever...

– Chegou bem em casa? Passando para te dizer que adorei a nossa noite. Não vejo a hora de te ver novamente.

– Awnnnn, eu também, e fiquei com seu perfume na minha blusa. <3

Amar faz um bem danado

Hoje, ao olhar o meu pequeno jardim, as flores se abriram para mim.
Mais cedo, o porteiro do condomínio me disse que tinha chegado uma encomenda que eu até já tinha desistido de esperar.
No trânsito, todos os sinais estavam verdes.
Para completar, à noite, quando olhei para o céu, a lua sorriu para mim.
De fato, amar faz tudo fluir.

Os barulhentos desencontros
vividos formaram ponte

para esse nosso silencioso
e lindo encontro.

– Vai, fala logo o nome da pessoa – disse um amigo
no bar. – Esse seu sorriso enquanto cutuca o celular não
é à toa, é sorrisinho de amor... – ele insiste.
Eu gargalho.

Eu tô na sua

Você foi a minha surpresa mais esperada.
Onde tudo era faísca, você veio e causou ebulição.
Vem cá, não demora,
quero te ver de pés descalços, andando timidamente
pela casa, usando aquela minha camisa velha, que agora
ganhou o título de mais linda.
Estarei paralisado, com uma xícara de café na mão, em
completo silêncio, mas o meu olhar apaixonado dirá
tudo.
Me fala do dia mais trágico da sua vida,
dos seus excessos,
das suas andanças,
o que te deixa leve,
e o porquê de você escutar músicas tristes em dias
tristes.
Será que seu coração é sadomasoquista?
Certeza que seu signo é câncer ou peixes.
Sei bem como é.

Não sou seu primeiro amor, mas posso ser o último

Não sou a primeira pessoa que você amou.
Antes de mim, você escutou alguns "felizes
para sempre",
aposto que quase acreditou que ia casar
e se enganou com promessas baratas.
Já conheceu a família de algum amor que ficou para trás
e até hoje fala com alguns desses familiares.
Ahhh, e com certeza deve ter guardado aí dentro um
beijo desses de novela, daquela paixão que nem você
sabe por que acabou.
Não sou o primeiro, eu sei, respeito o seu passado,
mas quero ser o seu último, e o seu futuro.
Por ora, me dê a honra de ser o seu presente?!

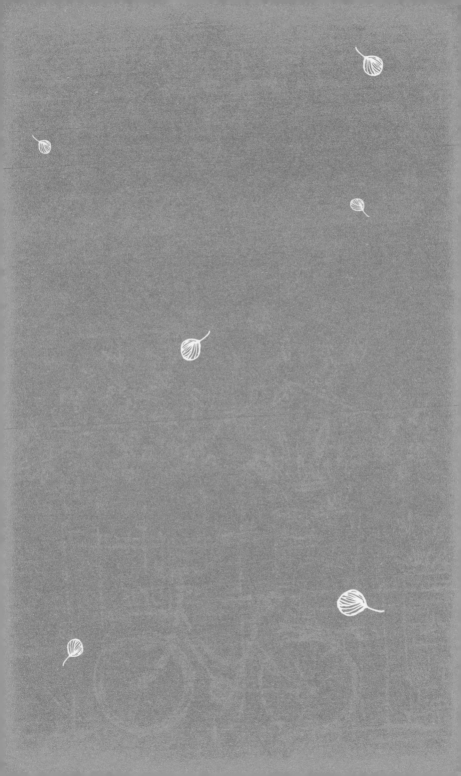

Minha saudade
é ansiosa,
ela começa
antes mesmo
de a gente
se despedir...

Eu não estava 100% pronto quando você chegou,
e acho que você também não estava.
Acho que ninguém nunca está,
sempre tem algo em nosso interior que precisa ser
arrumado.
O amor gosta de pegar as pessoas desprevenidas,
na hora em que se baixa a guarda,
e talvez esse tipo de encontro faça mais sentido de viver.
Não creio que você seja a pessoa "certa" para mim e
as outras que passaram em meu caminho foram as
"erradas".
Cada coisa tem a sua energia e intensidade.
Inclusive, não acho que o nosso amor seja o melhor
de todos,
ele é o melhor para mim e para você,
neste nosso instante da vida.
Veja bem, não estou diminuindo ou tirando o brilho
de quem somos e poderemos ser,
é que eu prefiro nos ver assim,

pés no chão,
o mais próximo da realidade,
sem máscaras e previsões.
Acredito que um amor com todas as suas fissuras reais
tem muito mais sabor do que um que grita promessas
de uma eternidade ilusória.

Sem fantasias dançamos melhor

Você me vestiu de clichês.
Foi então, pela primeira vez,
que minha alma se sentiu nua
para viver o tal do amor.

Vou te amar da melhor maneira possível,
mas vão ter dias em que não estarei disponível para você,
terão momentos que não poderei entregar o que não tenho para dar,haverá dores minhas que não vou aceitar que você abrace, pois elas vêm de muito antes de você.
Espero que não me estranhe quando eu desconfiar de algo, ainda estou em processo.
Não quero que me defina a partir dos meus medos, sou muito mais que eles.
Não me faça dizer "eu te amo" quando eu não estiver nessa vibe, não me pressione com promessas que não posso cumprir, não me condene quando eu errar, vou tentar acertar. Continuarei te amando, mas tudo no seu tempo e limite. Venha com cuidado, mas venha.
Preciso amar e ser amado em paz.

Realidades

– já tô aqui na frente.

– tô saindo.

Pequenas felicidades

Será que você vai saber lidar com os meus defeitos?
Será que vai conseguir vencer os dias em que tudo vai
me tirar do sério?
Será que você vai entender que existem momentos
em que só quero ficar no meu cantinho e tá tudo bem?
Como você vai reagir aos meus eventuais "não"?
E quando as minhas horas do dia forem destinadas
apenas às minhas antigas e novas amizades, como seu
coração vai assistir a isso?
Será que as minhas lágrimas vão te assustar?
Em algum instante, vou revelar pequenos hábitos
que vão te irritar. Você vai suportar?
E quando o tempo me enrugar, você ainda vai me amar?

Será?

É preciso mais do que amor para um relacionamento dar certo. Tem de ter paciência, respeito, comunicação, e tem de abrir mão de algumas coisas.

Uma união só vai para frente de forma positiva se tiver ajustes. Tem de identificar aquilo que não está legal, melhorar detalhes, se dedicar. Às vezes, requer uma certa demora para entender um pouco o universo do outro, mas, quando se compreende, tudo flui melhor. Um relacionamento benéfico não é fácil de se ter. Então, se você não está motivado, nem comece. É doação de um e entrega do outro. É adaptação. Quando se vive um relacionamento bom, isso vai te trazer grandes momentos e, consequentemente, lembranças maravilhosas. Logo, selecione bem com quem vai se apegar. O amor é muito importante, sim, mas é necessário mais do que isso para um relacionamento funcionar.

Às vezes, penso que você irá partir a qualquer instante.
Mas, a cada novo dia, você me prova o contrário.

Desculpe por esses pensamentos tortos que os desamores deixaram em mim

O que me interessa são os seus detalhes,
me conta mais sobre as memórias por trás dessas
olheiras,
seus traços, seus rastros e o seu maior sonho.
Quero mapear todas as pintinhas do seu corpo,
passear por suas curvas,
morar nos seus detalhes.
É isso que me faz estacionar em ti: as miudezas...
Você também só dorme com o barulhinho do ventilador
ligado?

Detalhes

Bilhões de galáxias,
uma infinidade de mundos,
inúmeras pessoas,
e você e eu.
O destino existe? Não sei,
mas você, aqui, agora, na minha frente,
parece a coisa mais certeira
que poderia ter acontecido.

Você e eu

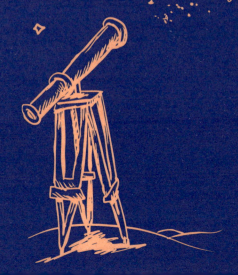

Outro dia perguntei por que ela demorava tanto para se arrumar...

Ela respondeu:

– Porque sempre me arrumo como se a fosse a primeira vez que vou te encontrar.

Ter tesão só de olhar para a pessoa de quem você gosta é algo surreal.

Porque se tem uma coisa que arrepia é ter química com alguém. Você olha para pessoa e a admira, a deseja, quer mais e mais. Você nota que o encaixe é certeiro, que existe um olhar que sabe provocar um clima sedutor, e isso é realmente gostoso. Chega a ser um evento raro da vida, mas, quando acontece, a gente transborda de alegria. Química e conexão com quem se tem afeto deixa tudo mais potente. Você vê que a entrega é diferente, e a melhor coisa a se fazer é se abrir para a vivência. Fazer amor com aquele toque de pura safadeza faz uma noite só ser pouco. Colar um corpo no outro faz gerar os melhores suspiros que se possa imaginar. Ai, ai, ai, ter tesão em uma pessoa dos pés à cabeça, e ver que isso é recíproco, faz a alma vibrar.

Eu já sou feliz da minha maneira,
mas, quando penso em felicidade,
é inevitável não pensar em você também...
Você causa uma espécie de fogos de artifício
aqui dentro,
só de ouvir o seu nome parece que o meu coração
entra em festa.
O engraçado é que ninguém consegue explicar direito
isso que sinto por ti,
nem os poetas conselheiros,
nem os famosos terapeutas,
muito menos essas inteligências artificiais atuais.
Você fez questão de abrir devagarinho o zíper
do meu coração,
teve o cuidado de entrar de pés descalços
para não trazer males,
marcou meu travesseiro com seu cheiro para toda noite
nos encontrarmos nos sonhos
e acendeu em mim uma luz chamada amor.

Agora que meu coração já está escancarado para você,
me pego flagrando futuros ao seu lado;
queria ter duas crianças, o que acha disso?
Um menino e uma menina...
Se for menino, você decide o nome.
E que tal termos um jardim florido?
Minha vó disse que a vida fica mais sorridente com plantas por perto.

Felicidade a dois

Sempre penso em você,
nos seus carinhos, nas vezes que me confortou,
na sua clássica mordidinha nos lábios ao fim
dos nossos beijos.
Às vezes, sinto uma raivinha também
e acabo fazendo birra com meus próprios pensamentos:
"Como pude me sujeitar àquela situação?",
"Por que ela não agiu dessa outra forma? Poxa".
Mas tudo bem,
não existe humano perfeito,
quem dirá uma relação impecável.
A grande questão é que sempre estou pensando em
você, seja no intervalo do dia, em alguma correria,
na música ambiente que tocou em uma dessas lojas
aleatórias de roupas
ou até mesmo nas paisagens que brotam
das janelas de vidro.
Espero que você também pense em mim,
não precisa ser toda hora,

eu não me importo,
desde que sempre seja com carinho e verdade!
Manter os pensamentos entrelaçados é o combustível
para o nosso amar.

Pense em mim, que eu tô pensando em você

Você não parece ser daqui.
Imagino que veio de algum lugar,
onde amar é um pouco mais fácil.
Quando te provo, não sinto o gosto desses amores
escorregadios
ou dessas paixões que maltratam o peito.
Uma tarde em sua fascinante companhia
finda em um minuto.
Qual é o mistério por trás de você?
Diz para mim.
Me delicio com esse seu jeito descomplicado
de achar soluções,
de ser cais no caos.
O seu gostar é sem arrodeio,
simplesmente ama e fica perto.
Olha, esse seu sorriso
tempera até mesmo os dias mais amargos.
Deuses, de que parte da Via Láctea
você veio?

Quando estou ao seu lado,
quero travar as horas do relógio.
Até desconfio que é uma ilusão,
mas a verdade mesmo é que você roubou o meu
coração.

Vai. Me diz... De onde você veio?

Já vivi relações em que quase nada se encaixava.
Desgastes em cima de desgastes,
discordâncias de segundo em segundo,
um eterno pisar em ovos.
Mal finalizava a minha fala e já existia uma *contrafala*
irritada, ou de imediato já rolavam expressões
de julgamento.
Parecia que me relacionava com um adversário,
em qualquer movimento que fazia, eu estava errado...
Um copo fora do lugar,
um atraso de quinze minutos.
Se a cor era vermelha, o outro teimava em dizer
que era azul.
O alfabeto só ficava bonito se começasse com a letra A,
daí um problema ia puxando outro,
e obviamente uma nova crise se instalava.
Quantas vezes tentei evitar, mas era inútil;
a verdade é que a gente se acostuma em morar
em relações falidas.

Só que, com você, tem sido de outra forma.
Já estamos há algum tempo juntos,
e sua permanência nesse meu caminhar
me mostrou outras perspectivas.
Vi que tem coisas que você pode até não concordar,
mas me respeita, espera eu terminar de me expressar.
Não me julga ou implica acidamente.
Nós dois sabemos o valor e a beleza de quem somos
juntos,
não serão situações adversas ou mal-entendidos
que vão bagunçar a nossa jornada.
Quando temos algo para dialogar,
conversamos como adultos, e não como concorrentes
imaturos.
Você não tenta me negativar ou me diminuir;
pelo contrário, me acolhe,
aumenta a minha vontade de viver
e investe em mim uma coisa esquecida por todos:
a confiança.
Você me mostrou um amor sereno de experimentar,
por meio do cuidado,
do tempo doado,
dos "eu te amo" disfarçados,
de "vim te ver"
e do café passado,
com gostinho de abraços.

Eu amo te "ter"

Esta tarde minha terapeuta perguntou como eu estava
no amor.
Então, olhei para ela...
Ela mirou em meus olhos sorridentes,
e de cara já entendeu tudo...

Escolha alguém que te ame até mesmo nos dias
em que você estiver insuportável.

Haverá, sim, aqueles dias em que não se está para muito papo. Que a paciência está pouca. Que a convivência não está legal. E tudo bem. São as nossas variações e fases. Então, ter alguém que nos ame também nesses momentos nos mostra o valor do: "Eu estou com você para o que der e vier". Às vezes, você só precisa respeitar o espaço do seu par, ele só quer ficar em seu espaço. Busque entender o seu momento. Seja apoio. Relacionamento não é só doçuras, tem os dias chatos também. Quando se ama e é amado, tudo é incluído no pacote: os beijos, os sorrisos e os gostos amargos. Escolher alguém em sua forma mais completa, que te ama na chuva e no sol. É essa a relação na qual faz sentido investir.

PARTE TRÊS

Por um propósito você ficou

Vamos morar juntos?
Com você quero rotina,
quem levantar primeiro faz o café,
quem cozinhar não lava os pratos,
e à noite, um cafuné.
Querida, entenda, com você quero clichês,
uma casinha de paz,
uns ímãs na geladeira ilustrando as nossas viagens,
nossos gostos e o número do disk gás.
Os nossos primeiros filhos não têm como esquecer:
um dog fofoqueiro e um gato folgado, que, às vezes,
sumirá sem dar notícia.
Vamos partilhar as contas, as lágrimas, os risos e uma
cama king, que provavelmente demoraremos algum
tempo para pagar.
Talvez, assim, a gente se demore um no outro
na tentativa de fazer uma eternidade entre nós.

Contigo quero clichês

Nesta terra
frenética,
você alivia
a minha
existência.

A casa é pequena,
mas nela cabe um sonho gigante.
Agora temos algo para chamar de "nosso",
nosso cantinho, nosso cafofo, nosso refúgio.
Essas paredes irão gravar uma história real.
É hora de dividir os afazeres,
os sorrisos, o lençol, o nascer do sol,
e a louça, sim, a louça.

E, por favor, não deixe as roupas jogadas no chão do banheiro

Tudo em mim ama você,
minha pele adora o calor da sua,
cada célula minha ama cada célula sua.
Não existe nada que explique essa coisa doida
que sinto por você.
Nenhum poema do Fernando Pessoa,
nenhuma crônica da Cecília Meireles,
nenhum quadro do Leonardo Da Vinci,
nenhuma fórmula do Einstein,
nem a melhor música que ganhou o *Grammy*,
e nem mesmo todas as páginas deste livro.
O sentimento que tenho por você é indescritível,
aposto que vão até tentar escrever uma teoria de TCC,
mas é óbvio que não vão conseguir.
Verá que, mesmo depois que o planeta Terra for
engolido pelo tempo, este meu sentir ainda vagará e
ecoará pela infinidade do universo.

Sem palavras

– Queria te pedir desculpas por ontem, vamos conversar? Tentar ficar bem :(

Eu e minha mania de acordar antes de você,
esse meu relógio biológico é um verdadeiro idiota,
quer me ver de pé a todo custo, até quando é feriado,
poxa vida.
A parte boa é despertar e se deparar com você do meu
ladinho.
Por tanto tempo o outro lado da cama ficou vazio,
e não que isso fosse um problema,
mas abrir os olhos pela manhã e a primeira coisa a ver
ser você é muito melhor.
Gosto de ficar ali te admirando por alguns minutos,
te fotografando com a mente,
vendo o quanto sou privilegiado.
Quantas pessoas queriam estar no meu lugar, né?!

Você sabia que te dou cheirinhos enquanto dorme? É automático

Querida, vamos tirar esta noite só para nós,
driblar por um instante a rotina que insiste em nos
perseguir, que tal fazermos algo?
Ir ao boteco lá do centro, gargalhar, falar da vida alheia
de um jeito à moda antiga, usando a voz e não os dedos
sob telas? Ando cansado das notificações virtuais e dos
status ostensivos, bora enganar os ponteiros do relógio?
Por hoje não tem nada mais certo
do que nos embriagar da nossa companhia, fingindo
que amanhã não vai existir aquele trampo sem noção.
Vamos simular que não nos conhecemos,
incendiar um pouco de paixão entre nós como duas
almas que acabaram de se topar no balcão do bar, mas
que já parecem ser confidentes de longas datas?
Aprendi que, de vez em quando, para recarregar
a relação, é fundamental despistar a monotonia
da rotina.

Entenda, se movimentar é preciso

O nosso mundinho

É bom sentir a sua cabeça em meu peito, suas pernas
entre as minhas e suas mãos macias que deslizam
cuidadosamente em minha barriga.
Nossa posição favorita.
Eu e você coladinhos nessa cama, que já tem marcado
o desenho exato do nosso corpo,
em um típico cenário à meia-luz
e um silêncio que grita calmarias.
Vejo que os móveis do quarto invejam o nosso amor
e o mundo lá fora sente ciúme porque o tempo agora
é só nosso.
Você pergunta se quero ver um filme.
Então, escolhemos um romance de final feliz.
Ao fim, penso comigo: "Esta história não chega nem
aos pés do amor que somos você e eu".
Com os olhos meio chorosos digo:
"Te quero".

Tum, tum
tum, tum,
tum, tum...
Foi o som mais lindo que escutei em toda minha vida.
Como pode um coraçãozinho desse tamanho me
emocionar com suas batidas perfeitas?
Quando acaricio essa imensa barriga,
esse pequeno ser que mora aí dentro me escuta, eu sei.
Os pezinhos se remexendo são a resposta disso.
O mundo aqui fora te aguarda, meu grande miniamor.
Já fique sabendo que te amo mais do que tudo, e eu
ainda nem vi o seu rosto...

Duas almas em um mesmo corpo, uma dádiva

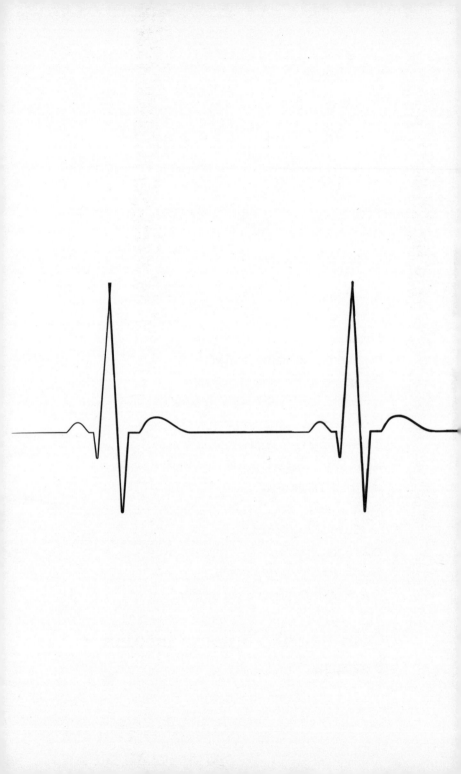

"É menina,
é menina,
é menina".
Bem-vinda, meu amor maior!
Por agora, você é uma sementinha,
vamos cuidar de você, regar de bons afetos, te ninar.
Você vai crescer, e se transformará em uma bela flor.
E é certo que uma hora não vamos mais poder te
segurar, suas raízes vão percorrer o seu próprio
caminho. Fazer o quê, né?
Assim são os ciclos da vida...
Só não esqueça: beba água,
avise para onde for,
não dê sua liberdade a ninguém.
Vamos sempre querer o seu melhor.

Com carinho à nossa menina Pitanga

É normal uma relação ter as suas fases ruins. Mas, quando se tem um bom par, tudo fica mais fácil. É sobre oferecer soluções, cuidados e mudar o que for preciso.

Vivenciar um elo afetivo é saber que vão existir ocasiões desconfortáveis, dias difíceis, humores alterados, expectativas quebradas e atributos do outro com as quais, a princípio, talvez você não vá saber lidar. Tudo isso pode acontecer. Não existe relação cem por cento caprichosa. Porém, não quer dizer que uma união vá ser sempre ruim. São fases. O importante é ter perseverança e sensatez para resolver as circunstâncias que ocorrem. Ambos da relação precisam chegar a consensos, saber o que afeta ou não. Se for o caso, que haja iniciativa de mudanças. Uma fase ruim não pode fazer desmoronar um bom relacionamento. Estar com alguém não é para ser uma competição, é para ser uma aliança. Olhar para o lado e ver que existe cooperação. Desejo prático de fazer funcionar a relação. Tudo fica mais sadio quando se tem a pessoa que é capaz de aliviar os maus momentos. Alguém que tem amor por você, sem medos e com vontade real de vencer contigo.

Primeiros passos

"Vem, filha, veeeem".
Foram as palavras ditas por nós ao assistir, do outro lado da sala, aos primeiros passos da nossa pequena. Vê-la conseguir e poder envolvê-la com um abraço foi o jeito que achamos para dizer: você ainda vai voar muito, mas tenha a certeza de que sempre estaremos aqui para te abrigar.

Não quero limitar nosso amor revolucionário com certos títulos, somos mais do que um cardápio pronto. Também não quero dizer "eu te amo" só porque todos dizem quando supostamente amam.
Quero me expressar com algo que nunca foi dito; o valor do nosso amor é único.
Não temos rótulos, temos o nosso próprio conteúdo, inventaremos os nossos termos, nossos próprios nomes artesanais.
E, sim, eu te amo, mas me nego a dizer isso que todos falam de maneira tão automática, e aposto que você já escutou tantas vezes. Somos muito mais.
Me recuso a definir o meu amor com frases que prometem impacto ou nos põem dentro de uma caixa ou de um catálogo. Você tem sido, sim, um grande amor e eu te amo muito, mas contigo quero ser e me expressar de um jeito inédito.

Que o nosso sorriso seja só nosso

Foi sobrevivendo aos desentendimentos
que criamos raízes fortíssimas na relação.
Tiveram dias em que você me amou mais do que eu te
amei, e vice-versa, e tá tudo bem.
Houve noites em que dormimos em camas separadas.
Em alguma ocasião, nossos tons de voz podem
ter aumentado.
Tiveram dias em que eu fiquei em casa, e você saiu,
o ciúme já bateu à nossa porta,
e com coragem tivemos de lidar com ele.
Já tiveram momentos em que você cantou Fagner,
e eu, Caetano,
mas estávamos ali,
juntos,
com sensibilidade para enfrentar os contrastes e
desafios.
E, mesmo com certas diferenças,
aprendemos a amar
as danças distintas um do outro,

pois o amor não é apenas sobre sincronia,
se aprende a amar na travessia,
na maré alta,
um
    dia
        por
            vez.

Nas mãos certas, erros e diferenças viram oportunidades

Paixão não é amor

Não era amor na primeira vez que te vi,
quando voltei do nosso primeiro encontro com
um sorriso tatuado em meu peito.
Aquilo não era amor.
Tampouco quando tivemos de vestir os nossos looks
mais elegantes e exibimos as nossas qualidades
nas noites em que estávamos nos conhecendo.
Ainda não era amor.
Amar não é fácil.
Já vi muita gente enchendo a boca para falar de amor e,
quando as tempestades chegaram, fugiram.
O amor veio para nós quando nos abrimos um
para o outro,
quando tivemos de encarar a temida convivência a dois,
quando tivemos de empurrar goela abaixo o nosso
orgulho, para que a nossa união ganhasse alicerce de
maturidade, quando revelamos os pedacinhos mais
doídos de nossas almas, e, ainda assim, permanecemos
um ao lado do outro.

Ali era amor.
Foi quando fui permitido entrar em seu universo,
foi quando nos doamos por inteiro
que nasceu o destemido amor,
porque antes, meu bem, era sede de amar.
Agora é amor...
e amor nos dias de hoje é um verdadeiro ato de
coragem.

Você permaneceu,
mesmo quando soube o meu detestável signo.
Quando descobriu as minhas cicatrizes mais terríveis
e os desgostos que vivi.
Mesmo quando percebeu meus piores hábitos e meus
processos de melhorias,
quando soube o motivo de eu acordar às 4h30 da manhã
por várias noites
e viu as minhas inquietações e temores.
Ainda assim, você se manteve,
quando chorei sem derramar uma lágrima sequer;
na vez que quis fazer besteira com a minha própria
vida,
você conheceu as minhas emoções mais fracas
e ainda ficou comigo.

Você não tinha obrigação, mas escolheu permanecer

Uma vez eu li:
"Escolha alguém que continue te conquistando mesmo depois de já ter te conquistado".
E hoje, ao seu lado, essa frase faz total sentido para mim.

Quando você surgiu para mim, foi como ser visitado
por um mundo novo.
Pouco a pouco, o meu mundo foi conhecendo o seu
mundo e vice-versa.
Você invadiu o meu ser como um astronauta
em missão, explorando cada parte desse universo
desconhecido.
Não sabia o que ia achar mais à frente, mas seguiu
abraçando essa poeira cósmica que sou eu.
Admito que admirei a coragem,
seu olhar atento estampava encanto quando te
apresentei a uma nova culinária,
àquela música dançante,
e, como resposta, os meus ouvidos concentrados
escutavam interessantemente as suas mais variadas
memórias vividas.
Lembro-me de que não foi do dia para a noite que você
me deixou ver suas rachaduras, os buracos negros
que habitam aí em você.

Foi com o tempo que fui sendo apresentado
e, da mesma forma, fui partilhando também as minhas
vulnerabilidades.
Todo mundo tem o seu lado escuro da lua
e por isso mesmo todos nós podemos ser amados com
nossas fragilidades, não?
A partir de você, conheci mais sobre o mundo,
sobre mim.
Tenho a honra de dizer por aí coisas que aprendi
contigo.
Amar é conhecer o mundo pelo olhar do outro,
é partilhar espontaneamente e repartir,
é ser capturado pela novidade,
é se redescobrir.

Você me tirou de órbita de um jeito bom

Quando fecho os olhos, me flagro me lembrando
das viagens que fizemos,
das altas gargalhadas que demos por aí,
das nossas danças fora de compasso
e das cervejas geladinhas que tomamos...
Veja tudo que trilhamos,
tantos poemas que escrevi para nós,
eu e você borbulhamos amor;
você, o calor, e eu, a água.
Lembra aquelas borboletas que faziam festa em nosso
estômago lá no comecinho da nossa conexão?

Um dia desses notei que elas estão morando em nosso
pequeno jardim. Fofinhas, né? <3.

Por todo o amor vivido e que ainda viveremos

Minha língua navega
por esse teu corpo-mar,
e te revelo nesta poesia
brega: como é bom te amar.

Já conheci pessoas que chamaram muito
a minha atenção,
e outras que não me deram um pingo de atenção.
Já trombei em pessoas que quis conhecer muito mais,
mas o vento as levou para longe demais.
Já conheci pessoas-vendavais
e outras, relâmpagos,
já conheci pessoas previsíveis
e, ao contrário, outras totalmente interessantes.
Já passaram pela minha caminhada pessoas que
quiseram confundir em mim dor com amor,
já me envolvi com pessoas que só queriam meus braços,
para eu ser abraços,
e outras que me despedaçaram quando eu já estava
só os pedaços.
Que ironia.
Já me sacanearam com mentiras, enquanto fui
verdades, conheci pessoas que me deram voz, e outras
que arrancaram sem dó as minhas cordas vocais.

Já chegaram a mim pessoas famintas por corpos, status
e números, e outras sedentas por alma, profundidade
e qualidade.
Conheci pessoas para lá e pessoas para cá,
e conheci você,
que, diferentemente de tudo, resolveu se demorar,
que me conquistou de um jeito que, quando dei fé,
já estava fazendo endereço neste meu coração
remendado.
Em você identifiquei um pouco dessas pessoas
que passaram pela minha linha do tempo,
mas só que de um jeito atípico.
A cada ciclo que fomos passando, você foi se
reinventando,
fazendo manutenção em nossa relação.
Quando precisou pintar com cores novas o nosso elo,
o fez sem pensar duas vezes,
quando precisou derrubar paredes de orgulho, foi lá
e as quebrou.
Você foi de uma visita surpresa a um hóspede vitalício
em minha vida,
e aqui estamos,
erguendo o nosso império,
tijolo por tijolo, ano pós ano,
e ao nosso tímido amor, que no início era só estrela,
agora somos uma galáxia inteira.

Viva!!!

Obrigado por ter ficado.
Obrigado por ter voado ao meu lado, mesmo quando teve de enfrentar crises que não tinham nada a ver com você.
Por ter me apoiado quando quase ninguém mais acreditava em mim,
por ter se permitido se entregar mesmo com as nossas gritantes diferenças, e estar aberta a aprender com elas.
Obrigado por entender os dias em que eu não tive tempo nem para mim, por conta daquele trabalho maluco que só me consumia,
e por compreender mais ainda quando precisei de espaço para simplesmente me amar.
Obrigado pelas palavras afiadas, mas importantes quando precisou me alertar de algo.
Obrigado por essas tantas madrugadas conversando sobre a vida, as paixões que deram errado, e até mesmo sobre banalidades de notícias de famosos que, sinceramente, pouco importavam para nós.

Obrigado por ter me mostrado novos lugares,
novas perspectivas e por ter me feito enxergar coisas
que estavam bem na minha frente, apenas não conseguia
ver antes.
Talvez a minha alma seja meio míope, e você apareceu
feito óculos cabendo direitinho em mim.
Obrigado por ter ficado de propósito.
A gratidão é uma das formas mais bonitas de amar.

Obrigado

Você não me fez promessas, mas cumpriu companheirismo.
Não me disse que seria para sempre, mas veja só onde chegamos. Você me amou a cada dia como se fosse uma vida toda.
Nem lá no início, nem no meio da nossa caminhada, você jurou que ia ficar comigo. Acabou que fez melhor: simplesmente ficou.
Não prometeu, porque quem promete falha, e é tão elegante cumprir sem prometer.
Jamais te impediria de partir se você tivesse prometido a mim algo que não pudesse cumprir.

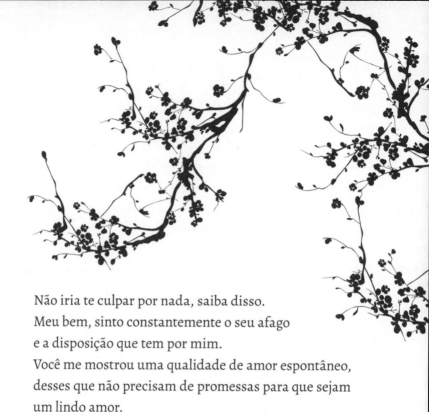

Não iria te culpar por nada, saiba disso.
Meu bem, sinto constantemente o seu afago
e a disposição que tem por mim.
Você me mostrou uma qualidade de amor espontâneo,
desses que não precisam de promessas para que sejam
um lindo amor.

Você não prometeu eternidade, porque o amor acontece diariamente

O tempo foi passando,
e fui aprendendo a amar cada jeitinho seu,
todas as suas personas.
E, mesmo depois de todos esses anos,
quando olho para nós,
vejo que ainda somos iguais,
dois bobos apaixonados.
É como se o tempo não tivesse passado...
Envelhecer ao seu lado
é como voltarmos a ser jovens novamente.

Mesmo diferentes, ainda somos iguais

Quando é para ser, a vida dá um jeito.

Porque, no fundo, a gente sente quando tem de ser, por mais que no começo pareça complexo de entender. Nada é por acaso, tudo na nossa vida tem um propósito, tem um plano maior para a gente. Basta sentir, basta se permitir viver. Quando é para ser, o amor acha um modo de nos encontrar, sem pedir, no lugar mais aleatório possível, sem marcar horário. Daí, quando a gente decide viver esse amor, tudo flui, de um jeito ou de outro! Quando duas pessoas querem e estão determinadas, o universo dá um empurrãozinho a mais para que tudo ocorra como se fosse um sonho, mas é palpável, tem cor, tem nome, tem sobre-nome, tem alegria! É mágico o casal que se ama e ainda de bônus é apaixonado. Nos tempos de hoje, quando se trata de relacionamentos, não existe nada mais oportuno do que ter alguém que vem para multiplicar, que vem para nos deixar ainda mais fortes, para amadurecer nossas ideias, nossos sentimentos. Para dizer que ainda é possível, que nem tudo é como nos clichês dos filmes, mas que pode ser bom, positivo, somatório. Nessa infinita ordem dos encontros e desencontros, parece que o "destino" escreve certinho quando é para ser. E, quando é para acontecer, a vida te apresenta aquela pessoa que é nota mil, e a partir dos nossos atos e escolhas, se formam as consequências de uma boa união.

Agora há pouco, no almoço,
me peguei observando atentamente
uma charmosa mulher,
seus cabelos ondulados,
olhar independente,
segura de si.
É incrível como você mexe nas panelas de forma
idêntica à da sua mãe.
Você cresceu, Pitanga,
mas, para mim,
continuará sendo a minha pequena.

Para sempre a minha filhinha

Outro dia, caminhávamos pelo centro da cidade,
nossos braços enroscados,
andar de tartaruga,
de repente, escutamos de um jovem casal:
"Olha, que lindo, nós dois daqui a 50 anos".
Logo pensei, sorridentemente:
"O amor inspira".

Lembrando: o nosso amor arco-íris também viveu tempestades

Ainda te aprecio como se fosse ontem

O tempo passou tão rápido, né?
Anos se foram e ainda não consegui decifrar o que sinto
por você.
Você continua enigmaticamente linda,
até mesmo com essas rugas que agora te ornamentam,
com esses vários cabelinhos prateados que te
escolheram para fazer morada.
Mesmo com esses olhos cansados desenhados pela
maturidade,
continuo a te admirar como se fosse ontem.
Quando te toco, é como se eu pudesse ler
a nossa história,
e é incrível como o seu abraço ainda tem
o mesmíssimo calor.
Ainda me encanto pelos mesmos detalhes...
Há algumas décadas que você tem a mania de ajeitar
essa sua franja teimosa,
e até hoje sorrio
com esse simples gesto.

Agora nada mais nos preocupa, pequena,
nem os boletos, nem a rotina, nem os nossos filhos,
que já são donos de si.
De agora em diante, somos só eu e você, nos balançando
em nossas cadeiras antigas, nessa varanda cheia de
amigas plantinhas, olhando a vida passar.

Para mim, que nunca acreditei em finais felizes, te ver neste fim de tarde sentada na calçada aqui ao meu lado, depois de tantos anos em parceria, me parece a coisa mais feliz que poderia sentir.

Vou
te
esperar
em
outra
vida,
porque
só
esta
foi
muito
pouco
para
nós.

Primeira edição (abril/2024)
Papel de miolo Lux Cream 80g
Tipografias Alegreya, Kingthings Trypewriter e Rokkitt
Gráfica LIS